LES MOUTONS
NOIRS ENQUÊTENT

D0889345

Dominique Patenaude

LES MOUTONS NOIRS ENQUÊTENT

Illustrations de Jocelyne Bouchard

■ N A T U R E   J E U N E S S E ■

ÉDITIONS
MICHEL
QUINTIN

Données de catalogage avant publication (Canada)

Patenaude, Dominique

  Les Moutons noirs enquêtent

  (Nature jeunesse ; 19)

  Pour les jeunes de 8 à 12 ans.

  ISBN 2-89435-206-9

  I. Titre.   II. Collection.

PS8581.A783M68 2002   jC843'.6   C2002-941147-5
PS9581.A783M68 2002
PZ23.P37Mo 2002

Révision linguistique : Monique Herbeuval
Illlustrations : Jocelyne Bouchard
Infographie : Tecni-Chrome

La publication de cet ouvrage a été réalisée grâce au soutien financier de la SODEC et du Conseil des Arts du Canada.

De plus les Éditions Michel Quintin bénéficient de l'aide financière du gouvernement du Canada par l'entremise du Programme d'aide au développement de l'industrie de l'édition (PADIÉ) pour leurs activités d'édition.

Gouvernement du Québec – Programme de crédit d'impôt pour l'édition de livres – Gestion SODEC

ISBN 2-89435-206-9
Dépôt légal - Bibliothèque nationale du Québec, 2002
Dépôt légal - Bibliothèque nationale du Canada, 2002

© Copyright 2002
Éditions Michel Quintin
C.P. 340, Waterloo (Québec)
Canada J0E 2N0
Tél. : (450) 539-3774
Téléc. :(450) 539-4905
Courriel : mquintin@mquintin.com

1 2 3 4 5 6 7 8 9 0 A G M V 7 6 5 4 3 2

Imprimé au Canada

Chapitre 1
L'initiation

Avant de tout vous raconter, je vais d'abord me présenter. Alors voilà, je me nomme Rose Labonté et je suis la plus âgée de la bande des Moutons noirs. J'ai dix ans et demi et on m'appelle le Squelette. J'imagine que vous devinez pourquoi... Ma grande sœur s'appelle Sophie, je l'aime beaucoup. J'ai aussi un frère plus vieux que moi, Jérémie, et il me taquine sans cesse. Ah oui, figurez-vous que je suis née avec un don particulier. Mon petit doigt de la main gauche m'avertit chaque fois que quelque chose de bizarre est sur le point de se produire.

Il me picote puis il s'engourdit juste avant que ça arrive.

La rêveuse de notre groupe, c'est Garance Vermillon, neuf ans et demi. Une brunette toujours souriante et qui aime bien rigoler. Grande sportive, elle ne jure que par son vélo qu'elle a surnommé son Bleu Destrier.

L'autre membre de la bande, Roger Gladu, a dix ans. Il est très sympathique. Il adore les animaux et voudrait devenir vétérinaire. Il bouge beaucoup, alors pour rigoler, on l'appelle Vers-au-Derrière !

Céleste, notre « candidat », âgé de dix ans lui aussi, a les cheveux châtain clair et une apparence délicate. Calme, pas très bavard, c'est un garçon mystérieux.

Donc, par un bel avant-midi du mois de juillet, dans la cour de l'école Jean-Jacques-Olier, nous nous apprêtions à initier Céleste. À ce moment-là, une seule question nous préoccupait. Le futur membre se montrerait-il le bout du nez ?

On le vit arriver de son pas décidé. Il passa par la porte grillagée qui donnait sur la rue Roy. Il portait sa chemise blanche, sa cravate rouge et ses souliers vernis. Quelle fière allure avait ce Céleste Luminure, même dans les moments solennels!

– Allez, dépêche-toi, Céleste! lui dis-je, énervée.

– Est-ce que ça va faire mal? demanda-t-il, un peu inquiet.

Sans répondre à sa question, Garance lui expliqua l'épreuve :

– C'est une trouvaille de Rose... Tu vas devoir manger tout un sac de crottes de lapin!

– Je dois absolument faire ça? questionna-t-il, l'air dégoûté.

Je fis un signe affirmatif de la tête.

– Choisis-en une, lui ordonna Roger en lui tendant le sac.

Céleste regardait les petites boules brunes répugnantes qui dépassaient du sac. Un long moment passa... Oserait-il? Nous étions vraiment impatients de voir s'il en aurait le courage. Finalement, il prit une crotte qu'il porta délicatement à sa bouche.

Formidable! Cette initiation était vraiment géniale! Céleste Luminure allait réellement manger une crotte de lapin!

On le vit déglutir avec difficulté. Ça ne semblait pas facile à faire descendre!

Enfin, les larmes aux yeux, il sourit faiblement et dit :

– Ça manquait un peu de sel.

– Bravo Céleste ! m'écriai-je. Tu as
réussi la première étape. Nous voulions
voir si tu aurais le cran d'avaler une
crotte. Maintenant, tu dois prêter
serment.

Garance lui demanda de s'agenouiller.
Elle lui mit la main sur l'épaule et lui fit
réciter la Promesse. En hésitant, Céleste
répéta ces paroles après elle :

– *Euh… Je jure fidélité à la bande des
Moutons noirs. Toujours… la vérité je dirai et
à la bande… je serai dévoué.*

Pour terminer, il exécuta les trois pas de
danse qu'on lui avait appris la veille. Ayant
passé les rites pour devenir un Mouton noir,
il attendait anxieusement notre décision.

– Alors ? Est-ce que je fais partie de la
bande ? interrogea-t-il.

En guise de réponse, je lui pinçai ami-
calement la joue. Puis, Garance, Roger et
moi, on s'écria d'une seule voix :

– Yahouuuu ! Vive les Moutons noirs !
Vive le nouveau membre ! Vive Céleste
Luminure !

– Vive les p'tites boules au chocolat, n'est-ce pas, Céleste? lança malicieusement Roger.

Étonné que l'on se moque de lui, Céleste resta figé un instant, mais il finit par répliquer:

– En veux-tu, toi aussi, Vers-au-Derrière?

On rit pendant une éternité. Puis, on décida d'aller chez Roger, car on voulait montrer notre base au nouveau membre. Pour nous, les Moutons noirs, la base est notre lieu de rencontre.

Pendant le trajet, Céleste cracha sans arrêt. J'imagine qu'il voulait se débarrasser d'un mauvais goût dans la bouche!

Quand on est arrivés, on a salué la mère de Roger, Ginette, qui est monoparentale et ébéniste. Depuis le mois de mai, elle est occupée à fabriquer un énorme bureau en chêne pour un client. Roger a de la chance d'avoir une mère aussi géniale! Et puis, il habite une belle maison, rue Saint-Dominique, où il y a une petite cour pleine d'arbres et de fleurs. Sa mère y a même installé une gigantesque cage à lapins de sa fabrication. C'est elle, aussi, qui a construit notre cabane en bois.

– Tiens, il y a un nouveau membre dans votre bande? s'étonna Ginette.

– Bonjour. Je m'appelle Céleste Luminure. J'ai déménagé dans le quartier il y a quelques semaines, dit-il d'un air gêné.

Ginette le détailla du regard.

– Où habites-tu, Céleste?

– Rue Coloniale, près de Napoléon. On vit dans la maison jaune avec les tournesols. Mon père adore cette couleur... et les fleurs!

– As-tu des frères ou des sœurs?

– J'ai un frère plus jeune, Léopold. Une véritable peste! lança Céleste, dévoilant ainsi son peu d'affection pour son frère.

– Alors, maman, c'est bientôt fini, cet interrogatoire? demanda Roger.

– Oui! Je trouve que tu as vraiment un bel habit, Céleste.

– Merci, madame, répondit-il, les yeux baissés sur ses souliers vernis.

Ginette nous offrit des biscuits à l'avoine que l'on mangea tout en allant à la base.

— Vers-au-Derrière, il est temps de présenter Ti-Prout et Baboune au nouveau membre des Moutons noirs, dis-je.

— Allez, la compagnie, venez admirer les fabricants de bouboules brunes! ricana-t-il.

— C'est partiiii! s'écria alors Garance.

Mais on voulait commencer par montrer notre cabane à Céleste. Nous en étions tellement fiers! C'était sûrement la plus belle cabane en bois du Plateau Mont-Royal. Ginette l'avait bien réussie!

Céleste l'examina avec curiosité, mais ne dit pas un mot. Tout à coup, il demanda à Roger s'il pouvait utiliser les toilettes de la maison. Roger partit d'un grand rire et lui dit d'arroser les fleurs de Ginette. Céleste devint rouge comme une tomate.

— Non... je ne peux pas faire pipi ici. C'est trop gênant... devant les filles, balbutia-t-il.

— Franchement, Céleste! On ne regardera pas, dis-je avec dédain.

— J'aime mieux aller aux toilettes, je ne vous connais pas encore assez, protesta-t-il.

— Tu es vraiment pudique, toi! lâcha Roger.

Après tout, c'était vrai qu'on se connaissait à peine. Roger le conduisit à la salle de bain.

– Aïe! m'exclamai-je d'une voix forte. Mon petit doigt me fait mal...

– Tiens, la sorcière qui parle! s'esclaffa Roger, qui ressortait de la maison.

Céleste revint peu de temps après, et je lui expliquai la particularité de ce petit doigt gauche qui m'avertissait des catastrophes à venir.

Garance, qui s'était approchée de la cage, cria:

– Ti-Prout et Baboune ont disparu!

Nous étions stupéfaits... Ti-Prout et Baboune disparus?

I-M-P-O-S-S-I-B-L-E!

Chapitre 2
La lettre

De nous trois, c'était Roger qui était le plus secoué par la disparition des bêtes. Sous le choc, il restait la bouche grande ouverte. On aurait pu y glisser une prune...

Je lui rappelai:

– Je t'avais dit de ne pas rire de mon don. Mon petit doigt m'avertit vraiment! Regarde, tes lapins ont disparu!

Roger fixait la cage vide.

– Tes dons de sorcière ne m'intéressent pas, Rose! Il y a un problème beaucoup plus important à régler. Je ne vois pas comment mes lapins ont pu sortir… J'avais pourtant bien refermé le clapier.

– En es-tu certain ? insista Garance.

– Hum… oui. C'est devenu un réflexe.

– Qu'est-ce qui est un réflexe ? demanda-t-elle.

– De fermer la porte, sinon le chat du voisin peut s'introduire dans la cage. Je n'ai jamais mis mes lapins en danger, marmonna Roger.

La larme à l'œil, il reprit :

– Surtout que Garou, le chien d'Olga, pourrait les dévorer. Alors, avant de quitter mes lapins, je m'assure toujours qu'ils sont en sécurité dans leur clapier.

J'expliquai à Roger qu'on ne l'accusait pas, mais qu'on essayait de comprendre ce qui s'était passé. On savait qu'il faisait toujours attention à ses lapins, qu'il considérait comme ses fils adoptifs, enfin, ses lapins adoptifs.

– Quand es-tu venu dans la cour ? interrogea Garance.

– Ce matin, vers dix heures. Les lapins étaient nerveux, ils n'arrêtaient pas de bouger… dit Roger.

– Qu'est-ce qui pouvait bien les exciter comme ça ? questionna Céleste.

Personne ne pouvait répondre. Nous étions de plus en plus inquiets au sujet de Ti-Prout et de Baboune. Où étaient-ils ? C'était un mystère.

****

Je pris les opérations en main. Mon frère aurait été fier de moi ! Il me répète tout le temps que je suis un commandant en chef, parce que j'aime donner des ordres. Je lançai les recherches en envoyant Garance et Roger fouiller le jardin. Céleste et moi, on alla demander à la mère de Roger si elle n'avait pas vu les lapins.

Elle nous répondit simplement :

– Non, je ne les ai pas vus. Mais je ne m'occupe jamais d'eux, car ils sont sous la responsabilité de mon fils. Oh là là, j'espère qu'ils ne sont pas chez la voisine, car il y a Garou, le berger allemand... Il effraie souvent les chats et les enfants du quartier. Vite, allez demander à Olga si elle a vu quelque chose !

La voisine est un vrai moulin à paroles. Et nerveuse, avec ça! Mais je la connais bien, elle est très gentille. Elle nous assura que Garou n'était pas sorti de la matinée. Les lapins n'avaient donc pas pu être attaqués par lui. Elle ajouta:

– Ce matin, j'ai entendu du bruit à l'arrière. De la cuisine, j'ai vu quelqu'un refermer rapidement la porte de la cour de Ginette. Demandez à Roger s'il est sorti par là. Les lapins sont peut-être dans la ruelle.

Puis, s'apercevant que je changeais de couleur, elle s'écria:

– Que se passe-t-il, Rose?

– Rien, rien...

Curieuse, Olga demanda à Céleste:

– Et toi, comment t'appelles-tu?

Il lui répondit en rougissant.

– Qu'il est mignon, ton ami, Rose! Il a de si jolis traits...

– Merci Olga. Nous te tiendrons au courant s'il y a du nouveau, l'assurai-je pour couper court à la conversation.

Quelle drôle de femme, cette Olga! Elle semblait plus intéressée à admirer Céleste qu'à nous aider. Mais sa révélation me rendait perplexe. Car, comme je l'expliquai à Céleste :

– PERSONNE n'a le droit de sortir par la porte de l'arrière-cour. Ginette nous l'interdit. C'est une règle que les Moutons noirs respectent parce qu'ils ne veulent pas d'ennuis avec la mère de Roger.

– Alors, ça veut dire qu'un inconnu est venu chez Roger, conclut Céleste.

Il avait raison, le petit nouveau. On courut transmettre la nouvelle aux deux autres.

– Roger, quelqu'un est venu dans ta cour ce matin, après ton départ. Olga a vu la porte se refermer, lui rapportai-je, très inquiète.

– Quoi ? C'est impossible ! Ginette nous a tous avertis de ne jamais…

– Alors, le coupa Céleste, ça veut dire qu'un étranger s'est introduit dans ta cour.

Roger était sceptique.

– Mais oui, quelqu'un est venu pour espionner la bande ! affirma Garance. Mais qui pourrait nous en vouloir ?

– À vous ou à Roger ? corrigea Céleste.

– Et si c'était une tentative de vol ou d'assassinat ? s'écria Roger, terrifié.

– Moi, j'ai déjà entendu parler du trafic d'organes, lâcha Céleste. On kidnappe des gens, des animaux et on les tue pour prendre leur cœur, leur foie, etc., et les revendre à des hôpitaux pour...

– Arrête, Céleste! Tu ne crois pas que tu exagères? Il me semble qu'avant de chercher des motifs, il faut recueillir des indices, déclarai-je avec autorité.

Il y eut un silence dans la cour. On arrivait même à entendre le moteur de la génératrice de la poissonnerie Waldman située tout au bout de la ruelle.

Céleste essaya de se racheter:

– On devrait explorer la ruelle. Olga a raison, les lapins pourraient s'y trouver.

On fouilla partout, mais les petites bêtes restèrent introuvables.

On retourna dans le jardin de Roger. On s'y trouvait depuis quelques minutes seulement quand Ginette, qui revenait de la quincaillerie, nous apporta une lettre qu'elle avait trouvée glissée sous la porte d'entrée. Elle était adressée à Céleste.

– Pourquoi une lettre chez moi au nom de Céleste? s'étonna Roger.

– C'est bizarre! Qui peut savoir qu'il se trouve ici? ajouta Garance.

Tous les regards se fixèrent sur le nouveau membre des Moutons noirs.

– Vite, Céleste, supplia Roger, ouvre cette lettre. Vous poserez vos questions après!

Ginette nous observait, intriguée. Elle demanda:

– Avez-vous besoin de moi?

– Non maman, on préfère se débrouiller seuls. C'est une affaire très sérieuse, répondit Roger. Et il lui donna un bec sonore sur la joue.

Ginette sourit puis elle regagna la maison. Céleste s'empressa de décacheter la lettre; elle était bourrée de fautes d'orthographe:

Céleste, tu dira ceci à tes ami:

Comme ces bêtes, j'ai vo lapins avec moi. Bête pas bête... Je ne leur feré pas de mal. Attendé mon prochain message. Déffense d'appelé la police. Que vous êtes aveugles! Il y a une manteuse parmi vous.

Quelqu'un de Merveilleux

xxxx

– Quelle lettre étrange, murmura Garance.

– Euh… oui, très bizarre, renchérit Céleste qui avait les joues pas mal colorées.

– Ne vous en faites pas, on cherche à nous intimider, dis-je avec aplomb. Traiter les filles de menteuses, non mais…

J'étais très choquée. Pour qui se prenait-il, ce voleur? Pourquoi écrivait-il si mal… et à qui en voulait-il? À l'un de nous quatre ou seulement à la menteuse? Il fallait prendre son message au sérieux. Mais nous nagions en plein mystère. Par où commencer notre enquête?

Roger se mit à réfléchir tout haut:

– C'est étrange que la lettre soit adressée à Céleste. Et encore plus étonnant qu'il la reçoive chez moi… non?

– Euh… Je ne comprends pas non plus, murmura Céleste.

– Il y a quelqu'un qui surveille nos faits et gestes. Il faut ouvrir l'œil, décréta Garance.

– J'ai une idée formidable pour retrou-ver les lapins! Faisons des avis de

recherche et affichons-les sur tous les murs du quartier! suggérai-je.

– Super! approuva Garance. Nous devrions aussi aller voir monsieur Mirette. Il pourra probablement nous donner une description de la personne qui a apporté le message.

Chapitre 3
Le cadeau

Après avoir noirci des tonnes de papier où l'on décrivait les lapins de Roger, on alla placarder les avis un peu partout dans les rues Saint-Dominique, Coloniale, Napoléon et Roy. À présent, une visite chez monsieur Mirette s'imposait.

J'aime bien ce monsieur qui vit en face de chez Roger. Laissez-moi vous le décrire: il a les cheveux tout blancs, les mains qui tremblent sans cesse et une grosse tétine sur le bout du nez. Sympathique et accueillant, il pratique une activité assez intéressante: observer ce qui se passe dans la rue. Il appelle ça son «sport favori». Il sait vraiment tout sur les activités des habitants de la rue Saint-Dominique.

Installé sur son balcon, monsieur Mirette surveillait les allées et venues des passants. Roger le salua et lui annonça :

– Monsieur Mirette, on a un grand service à vous demander !

– Tout pour vous aider, mes amis ! répondit-il joyeusement. Bonjour la compagnie. Tiens, un nouveau ! Comment t'appelles-tu ?

Toujours aussi timide avec les étrangers, Céleste se nomma en rougissant.

– Quelle élégance, mon cher ! Tu sais t'habiller, toi.

À ces mots, Céleste devint franchement écarlate.

– Roger, tu devrais prendre exemple sur ton ami, le taquina monsieur Mirette.

Du coup, Roger cacha avec sa main le trou de son bermuda. C'est vrai que, côté élégance, Roger est plutôt nul !

– On n'a pas besoin de conseils sur la mode, monsieur Mirette, mais bien d'un renseignement ultra urgent ! déclara Roger. Avez-vous pratiqué votre sport favori aujourd'hui ?

– Évidemment, mon garçon.

– Avez-vous vu quelqu'un apporter une lettre chez moi ce matin ?

– Cher Roger, le facteur ne passe pas le samedi matin. Mais…

Il faut savoir que monsieur Mirette est tout un conteur. Il ne répond jamais par oui ou par non. Il explique tout en détail afin de bien se faire comprendre. Et si on ne veut pas le vexer, il faut l'écouter patiemment.

– … Il y a six ans, le facteur passait l'après-midi, mais maintenant, il fait sa tournée le matin… C'est bien quand on a besoin d'un chèque… mais les factures… arrivent trop rapidement… et je vous épargne les détails concernant la…

Je commençais à perdre patience. Je lui coupai la parole :

– Pardon, monsieur Mirette, je dois vous interrompre. C'est une question de vie ou de mort !

Interloqué, il m'examina attentivement. Je lui expliquai :

– Les lapins de Roger ont disparu !

– Ah bon, il fallait le dire plus tôt !

– Ce matin, quelqu'un est venu déposer une lettre chez lui. Peut-être avez-vous aperçu le messager inconnu… Aidez-nous! le suppliai-je.

– Effectivement, j'ai remarqué la présence d'un enfant. Fille ou garçon, je ne saurais dire. Mais il devait être âgé de huit ou neuf ans. Il portait un habit noir avec une cape noire. Et il était masqué… Mais j'ai vu ses cheveux, ils étaient châtain clair, il me semble. Hum… Je ne l'ai pas reconnu. Est-ce que cela vous éclaire, mes chers enfants?

– Oh oui! Monsieur Mirette, vous êtes un ange, répondit Garance en lui faisant son plus beau sourire. Merci!

Nous avions enfin recueilli quelques indices. Mais était-ce vraiment notre voleur? Il était tout de même un peu jeune pour commettre des vols… Que voulait-il exactement? Et puis, était-ce un garçon ou une fille que l'on devait rechercher? Ce détail était d'une grande importance pour notre enquête.

Finalement, toutes ces questions nous avaient creusé l'appétit.

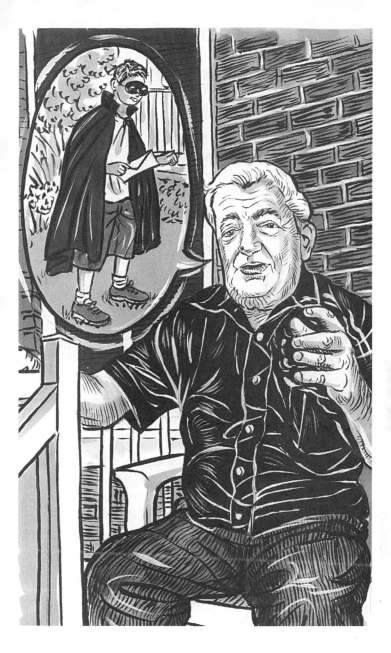

– Je suis affamée. À la souuupe! cria Garance.

– Allez, Squelette, on reprendra l'enquête cet après-midi! proposa Roger.

J'acceptai avec joie. Il était temps de dîner, j'avais l'estomac dans les talons. On se donna rendez-vous à la piscine Laurier pour deux heures. Nous pourrions mettre au point un plan pour retrouver les innocents Ti-Prout et Baboune.

Mal à l'aise, Céleste nous dit alors qu'il ne savait pas s'il pourrait nous rejoindre à la piscine, car il devait aider sa mère à ranger les boîtes du déménagement.

****

Arrivée la première à la piscine, je réfléchissais à notre aventure. Le rapt des lapins était incompréhensible. Je ne voyais pas ce qui avait pu le motiver. Je sautai à l'eau pour me rafraîchir les idées.

– Salut, Squelette, lança Garance en s'approchant du bord.

Je l'attrapai par la main et la tirai dans la piscine.

– Aahhhh! cria-t-elle, avant de s'enfoncer dans l'eau.

Peu après, Roger se montra. L'air piteux, il nous annonça:

– Céleste m'a téléphoné. Il ne viendra pas. C'est embêtant, il faut que tous les membres travaillent à résoudre ce mystère.

Il faisait tellement chaud qu'on oublia bientôt l'enquête. On s'amusait à chercher un dix sous au fond de l'eau quand je ressentis une douleur.

– Aïe, m'écriai-je.

Roger et Garance me contemplèrent, les yeux ronds.

– Pas encore ton doigt magique, Squelette! Franchement...

– Roger, si tu n'y crois pas, tais-toi, jeta Garance.

– Écoutez, j'ai l'impression qu'il va encore se passer quelque chose. Nous ferions mieux de sortir de l'eau et de retourner à la base, ordonnai-je.

– Oui, mon commandant, répondirent-ils à l'unisson.

Il était à peu près quatre heures et demie quand nous sommes sortis du vestiaire de la piscine. Nous étions vraiment déterminés à retrouver la mystérieuse personne à la cape noire. Peut-être faisait-elle partie d'une bande ennemie qui nous cherchait des ennuis ? On en était là dans nos hypothèses quand, soudainement, Garance s'écria :

– Mon vélo ! Qu'est-ce qu'on a fait à mon Bleu Destrier ?

Quelqu'un l'avait complètement enveloppé avec du papier-toilette ! Tout était bien ficelé. Un travail d'expert, quoi ! Et une de nos affiches avait été fixée sur le guidon. On y lisait : « Lapins blancs disparus… » Nous étions abasourdis.

– Le sadique, le pourri ! éructa Garance.

Roger m'observait. Je voyais bien qu'il commençait à croire à mon don et que cette histoire le tourmentait de plus en plus. Garance attira notre attention :

– Regardez, à côté de l'affiche, il y a une lettre !

On la lut :

Ce cado, c'est pour te dire que ce n'ais pas toi la manteuse. Dis aux autres d'ouvrire les yieux !

Quelqu'un de Fabuleux
xxxx

C'en était trop. Il fallait agir rapidement. Pendant que Roger aidait Garance à
rendre à son vélo son apparence normale,
je partis à la recherche du vandale.

Je fis deux fois le tour du parc et du
terrain de baseball. Je vérifiai même à plusieurs reprises sous les buissons près du
pavillon. Je ne vis rien d'anormal. Cette
personne nous espionnait sûrement,
puisqu'elle savait que nous étions à la
piscine. De plus, elle avait filé avant que
l'on sorte.

Mais que signifiait ce deuxième
message? Pourquoi réécrire le mot
«menteuse»?

J'allai rejoindre mes amis. Garance ter-
minait la toilette de son vélo. Elle était
bleue de colère:

— Je n'aime vraiment pas qu'on
déguise mon Bleu Destrier sans mon auto-
risation! En plus, la lettre prouve qu'on
n'en a pas fini avec ce bandit!

Moi aussi, j'étais en colère.

— Le message parle toujours d'une
menteuse. Comme Garance est innocen-
tée, il ne reste que moi! Je ne supporte pas
qu'on me traite de menteuse! Il se prend

pour qui, ce voleur ? Pour le roi des messages pourris ? C'est lui, le menteur ! Et puis, quelle orthographe, il ne sait même pas écrire…

– Calme-toi, Rose ! On n'y croit pas à ce que disent ces messages ! intervint Roger.

Pour faire diversion, il ajouta :

– Je crois qu'on devrait aller avertir Céleste de ce qui s'est passé. Il doit avoir fini de ranger des boîtes ! Et puis, on a vraiment besoin de lui pour enquêter. J'espère que sa mère comprendra…

– Allons-y, défenseurs de Ti-Prout et de Baboune ! criai-je en levant mon bras droit pour donner le signal de départ aux Moutons noirs.

– À l'attaaaaaaque ! hurla Garance en enfourchant fièrement son Bleu Destrier.

Heureusement, Roger connaissait l'adresse de Céleste. Ils partageaient la même ruelle, et c'est là qu'ils s'étaient rencontrés quelques semaines plus tôt.

– C'est ici ! annonça Roger en nous faisant arrêter devant une maison jaune.

Il sonna à la porte et la mère de Céleste vint ouvrir. C'était une grande femme aux yeux noisette, à la peau très bronzée et aux longs cheveux noirs. Elle donnait l'impression d'être très douce. On savait qu'elle était professeure de français au secondaire. Pauvre Céleste! Une mère professeure... de français! Ouach!

— Bonjour, Roger, dit-elle d'une voix chaude.

— Bonjour, Camille. Est-ce que Céleste est là?

— En fait, je n'ai pas vu Céleste de tout l'après-midi. Voulez-vous lui laisser un message?

— ...???

— Ça va, Roger? s'inquiéta Camille. On dirait que je t'annonce une mauvaise nouvelle!

— Oh non... c'est que... Oh rien!

— Voulez-vous prendre un thé glacé dans le jardin? nous proposa la mère de Céleste.

Et tandis que Roger, estomaqué, marmonnait, je répondis:

— Non... non merci, madame. Nous devons mener une enquête urgente et le temps presse! Au revoir!

C'était incroyable! Céleste nous avait menti! Pourquoi? Décidément, cette histoire s'embrouillait et ça ne me plaisait pas. Dire qu'on avait initié Céleste le matin même et qu'il avait juré fidélité et vérité aux Moutons noirs...

Nous étions très déçus de la tournure des événements.

– Je ne comprends pas pourquoi Céleste nous a raconté un mensonge, lâcha Garance. C'est pourtant un chic type!

– Il a peut-être ses raisons, trancha Roger. Un Mouton noir ne doit jamais mentir, sauf s'il est en danger... Ce doit être ça, Céleste court un grand danger!

– Tu crois? demanda Garance.

– Oui, il doit être retenu prisonnier quelque part. Peut-être même qu'on cherche à le tuer, s'affola Roger.

Le raisonnement de Roger ne tenait pas. Il y avait quelque chose qui clochait dans cette histoire et le comportement de Céleste me déplaisait.

– Rejoignons la base! Là, nous pourrons réfléchir tranquillement, dis-je.

Chapitre 4
Un petit monstre dans la rue

En chemin, on avait décidé de vérifier si nos affiches étaient toujours en place. Malheur ! Rue Napoléon, elles étaient toutes disparues... On refit le tour des rues où on avait placardé nos affiches. Il n'en restait pas une seule ! C'était sans doute le voleur qui les avait arrachées. Pourquoi s'acharnait-il sur nous ?

On rentra chez Roger la mine basse. Ginette n'était pas là. Elle ne pouvait donc pas nous conseiller. Nous devions nous débrouiller seuls.

– Quelle journée bizarre, soupira Garance. Je vais faire un tour dans la cour, j'en ai bien besoin.

Quelques instants plus tard, on l'entendit crier :

– Ti-Prout et Baboune sont là ! C'est un miracle, ils sont de retour dans leur cage ! Et il y a une autre surprise !

On se précipita aussitôt à l'extérieur. Par terre, près du clapier, il y avait une pile de feuilles déchirées. C'était nos fameuses affiches...

– YAHOUUU ! s'exclama Roger. Mes fils chéris ! Venez que je vous embrasse !

– Quelle histoire ! s'écria Garance.

Roger sautait de joie.

– Dis, Rose, comment ça se fait que ton petit doigt magique ne t'a pas avertie ? ricana-t-il.

C'était incompréhensible. Je ne savais pas pourquoi mon petit doigt ne m'avait pas alertée comme les autres fois.

Sans trop réfléchir, je répondis :

– Peut-être parce qu'il va... se passer autre chose !

Mais Roger ne m'écoutait plus. Il cajolait ses lapins. Il était heureux comme un roi. Les deux bêtes semblaient en parfaite santé. Roger exultait, il avait retrouvé ses fils adoptifs sains et saufs.

– Pourquoi tu ne dis rien ? me demanda Garance. Tu sembles préoccupée. Qu'est-ce qui t'inquiète ?

– Hum… Vous ne semblez pas saisir ce que signifie le retour des lapins.

– QUOI ? Ils sont encore en danger ? s'exclama nerveusement Roger en les entourant de ses bras protecteurs.

– Je ne crois pas. Mais vous ne vous demandez pas QUI les a ramenés ici ?

Garance et Roger me dévisageaient. Ils ne voyaient pas où je voulais en venir. J'allais devoir tout leur expliquer.

– Céleste nous a menti. Cet après-midi, il n'a pas aidé sa mère. Pourquoi ce mensonge ? Je crois que Céleste est venu nous espionner avant l'initiation. Il a deviné ce qu'on allait exiger de lui et il n'a pas aimé ça du tout. Je soupçonne une vengeance de sa part…

– Voyons, s'il n'avait pas été d'accord, penses-tu qu'il aurait mangé la crotte de lapin ? fit remarquer Garance. Il en a même ri…

– Et puis, tu oublies que Céleste n'est jamais venu dans ma cour avant l'initiation, déclara Roger.

Garance semblait du même avis.

Je repris :

– Céleste était avec nous dans la cour quand quelqu'un a glissé un message sous la porte de devant. Ça veut dire qu'il a peut-être un complice…

– Rose, je trouve que tu exagères… laissa tomber Roger. Céleste n'a pas pu se dédoubler quand même !

Je dus reconnaître qu'il avait raison. Pourtant le porteur du message avait les cheveux châtain clair comme Céleste… Étrange, n'est-ce pas ? Hum… Il fallait absolument éclaircir cette histoire… Mais tout était si compliqué ! Je ne pouvais évidemment pas accuser Céleste sans preuve. Cependant, un plan avait germé dans ma tête. Je proposai :

– Soumettons Céleste à un interrogatoire. Roger, tu l'appelleras demain matin et tu l'inviteras à la base. Il faudra que tu fasses comme si de rien n'était… Oh là là, as-tu l'heure, Garance ?

– Cinq heures et demie, Squelette !

– Oups! Sophie va me tuer, je suis en retard pour le souper! *Adios amigos!*

J'espérais que la nuit me porterait conseil. J'avais l'impression que j'accusais injustement Céleste. Mais il y avait quelque chose de louche dans cette histoire et je n'arrivais pas à mettre le doigt dessus.

****

Le lendemain matin, je me levai de mauvaise humeur. J'avais mal dormi. Ma sœur me traita de «Miss Grogne-Grogne». Tout pour me faire plaisir, quoi!

Je me rendis chez Roger en compagnie de Garance. C'est elle qui sonna à la porte de notre ami. Pendant que nous attendions, je pensais avec tristesse à Céleste.

Tout à coup, mon petit doigt se mit à me picoter. Il devint engourdi en un rien de temps. Je lâchai un retentissant «Aïe!». Garance, étonnée, se tourna vers moi.

– C'est mon doigt magique! Il va se passer quelque chose, j'en suis certaine! m'exclamai-je, excitée.

Imperturbable, Garance appuya de nouveau sur la sonnette.

— Aaaah! C'est froid! criai-je.

Je venais de recevoir un choc violent dans le dos et mes vêtements dégoulinaient d'eau. Garance me regardait, ahurie. Elle avait toujours le doigt sur la sonnette.

— Je suis toute mouillée! Qui m'a fait ça?

C'était une baloune d'eau froide qui, en éclatant, m'avait trempée de la tête aux pieds.

La surprise passée, j'eus juste le temps d'apercevoir un bout de cape noire flottant dans les airs au coin des rues Saint-Dominique et Roy, près du restaurant *El Zaziummm.*

— Vite, Garance, poursuivons ce petit monstre!

Malheureusement, je ne suis pas très rapide. D'ailleurs, mon frère dit que j'ai l'air d'une vache espagnole quand je cours. J'espérais que Garance, elle, rattraperait le monstre à la cape noire. Mais il réussit à nous distancer toutes les deux.

La mine piteuse, nous sommes revenues sur nos pas. Roger et Céleste se trouvaient sur le balcon. En nous voyant arriver, ils s'écrièrent:

– Vous en faites une tête! Qu'est-ce qui se passe?

Puis Roger demanda:

– C'est quoi, cette flaque d'eau?

Frustrée, je lui répondis:

– Tu sais bien que j'aime prendre une douche avant d'entrer chez toi, n'est-ce pas, Vers-au-Derrière?

– Qu'est-ce que tu racontes? se rebella Roger.

Garance s'en mêla:

– Rose s'est fait attaquer par le petit monstre à la cape noire; il lui a lancé une baloune pleine d'eau pendant qu'on avait le dos tourné. On a poursuivi cet hypocrite mais il nous a filé entre les doigts!

Songeur, Roger fixait la flaque d'eau par terre. Il découvrit alors un minuscule tube de plastique. Il le ramassa aussitôt et vit qu'il renfermait un papier.

– J'ai l'impression que c'est un message qui était caché dans la baloune, dit-il.

Il avait vu juste. Tandis qu'on déroulait le papier, Céleste, muet comme une carpe, devenait cramoisi. Comme si le soleil lui avait brûlé la peau.

Le message, toujours aussi mal orthographié, disait :

Vous ête bête pour des grand ! Vous ne comprenez pas le françait ? La manteuse rit toujour de vous et ce n'est pas Rose. Bientôt, vous saurez tout. N'avertissez pas la police, sinon…

Quelqu'un de Fantastic
xxxx

– Quoi ? Encore cette histoire de menteuse ? Où la personne mystérieuse veut-elle en venir ? questionna Garance.

J'étais très inquiète. Qu'est-ce que l'auteur du message pouvait bien nous vouloir ?

De l'autre côté de la rue, monsieur Mirette nous fit signe. Il devait avoir vu quelque chose. On se dépêcha de traverser.

Chapitre 5
Les confidences

La pratique de son sport favori avait permis à monsieur Mirette d'assister à mon arrosage.

— Le petit sacripant ! Je l'ai vu faire, Rose ! Il était caché sous le balcon d'Olga depuis un bon moment. Je suis sûr que c'est un garçon ! nous confia-t-il.

Étonnés, nous le regardions. Comment pouvait-il en être aussi certain ?

— Sur quoi vous basez-vous pour affirmer que c'est un garçon ? interrogea Roger.

— Son attitude, sa démarche, sa façon de lancer la baloune, répliqua-t-il d'un trait.

Là-dessus, il me jeta un regard moqueur.

J'enrageais. Si le bonhomme avait été plus perspicace, il m'aurait avertie de la présence du garçon masqué sous le balcon... J'aurais échappé à cette douche froide.

Le vieil homme reprit:

— Très chers, sans vouloir vous vexer, on n'apprend pas à un vieux singe à faire des grimaces! Je suis formel: c'était un garçon. Et Rose, je ne savais pas ce qu'il préparait; je voulais l'observer pour pouvoir vous en donner une bonne description.

On remercia monsieur Mirette et on s'en retourna chez Roger qui s'inquiétait pour ses lapins. Mais tout allait bien, Ti-Prout et Baboune mangeaient paisiblement leur moulée dans la grande cage.

Céleste fit celui qui était abasourdi.

— Quoi! Les lapins sont de retour?

J'explosai:

— Comme si tu ne le savais pas! C'est toi qui les as rapportés. Ne joue pas la comédie!

Visiblement mal à l'aise, Céleste se taisait.

— Écoute bien, Céleste, tu as commis une grave erreur en nous mentant…

— Euh…

— Laisse-moi parler. Mentir est un crime très grave pour les Moutons noirs. Nous savons de source sûre que tu n'as pas rangé les boîtes de déménagement. C'est ta mère elle-même qui nous l'a appris !

— J'allais vous le dire. C'est que…

— C'est donc toi qui as ramené Ti-Prout et Baboune dans leur clapier. Pourquoi as-tu fait cela ? Et qu'as-tu à dire pour ta défense ?

Céleste lorgnait le bout de ses chaussures vernies. Sa chemise blanche faisait ressortir la rougeur de son visage.

— Je… je sais que j'ai menti et je m'en veux… Mais je ne comprends pas votre accusation au sujet des lapins. Mon mensonge n'a rien à voir avec eux…

Vraiment, j'en avais assez. J'attaquai :

— Vas-tu avouer, sale voleur ! Pourquoi nous as-tu fait des cachotteries ?

Céleste lâcha d'une voix faible :

– J'ai eu peur... Je croyais savoir quelque chose qui aurait pu me mettre dans un grand embarras...

– Quoi? Tu ne vas pas jouer les misérables? ripostai-je.

– Un instant, Rose. Laisse-le parler, s'interposa Garance. Il doit s'expliquer. S'il ne veut pas, qu'il parte immédiatement.

– Il faut qu'il parle, car je tiens à comprendre ce casse-tête, ajouta Roger.

Maintenant, Céleste avait les larmes aux yeux.

– Euh... hier, quand monsieur Mirette nous a décrit le déguisement du messager, j'ai immédiatement pensé à la cape noire de ma grand-mère Marie-Lou...

– Et puis quoi, encore? Est-ce qu'il faut que je sorte les mouchoirs? lançai-je avec insolence.

– Rose, cesse de le harceler, ordonna Roger.

Céleste avait l'air de plus en plus misérable. Il chercha à capter mon regard, mais je détournai les yeux. Il devait aller jusqu'au bout de sa confession.

– Hier, je suis allé chez ma grand-mère qui habite près du boulevard Pie-IX. Je ne

voulais pas l'inquiéter avec mes soupçons, mais il fallait que je constate de mes propres yeux si la fameuse cape était toujours là.

Il reprit son souffle et continua :

— Ma grand-mère, qui a été costumière pour le théâtre, possède des centaines de costumes farfelus qui sont rangés dans des coffres. Donc, après avoir parlé de tout et de rien, je lui ai dit que je voulais jouer à me déguiser dans la remise.

Céleste fit une pause avant de poursuivre :

— La cape noire, que j'ai souvent empruntée, ne se trouvait plus dans le coffre... Qui l'avait prise ? Ma grand-mère venait justement de me dire que personne n'avait mis les pieds dans la remise depuis plus d'un mois...

— Comment la cape a-t-elle disparu ? demanda naïvement Garance.

— Je ne sais pas... Mais quand monsieur Mirette nous a parlé du garçon à la cape noire, j'ai tout de suite pensé qu'il s'agissait de celle de ma grand-mère...

Après un moment de réflexion, je fis remarquer :

– Il doit y avoir des milliers de capes noires dans le monde. Pourquoi as-tu pensé que c'était celle de ta grand-mère?

– C'est là que tout se complique. Avant de continuer, est-ce que je peux savoir comment les lapins sont revenus ici? me demanda-t-il.

En montrant qu'il ignorait tout du retour des lapins, Céleste semblait sincère. Je pensais qu'il avait le droit de connaître les événements de la veille. Je dis à Roger:

– Vas-y, déballe-lui notre histoire.

Il me jeta un regard en coin. Il avala sa salive et se mit à raconter toute l'affaire du vélo « déguisé » sur lequel on avait trouvé un nouveau message, sans prendre le temps de respirer.

– Tout cela vient confirmer mes soupçons, déclara Céleste.

– Quoi? Que veux-tu dire? demanda Garance.

– Si je suis allé chez ma grand-mère, c'est que je pensais savoir qui portait… la cape noire, avoua-t-il.

– Tu connais le voleur? bégaya Roger.

– J'ai dit que je *croyais* le connaître, c'est différent, nuança Céleste.

Le moment était important. Mais tout n'était pas élucidé.

– Pourquoi nous as-tu dit que tu devais aider ta mère à ranger les boîtes ?

– C'est que… j'avais déjà une bonne idée de l'identité du coupable. Et ça m'embêtait vraiment beaucoup…

Roger s'indigna :

– Comme ça, tu savais qui avait enlevé Ti-Prout et Baboune ? Et tu ne nous as rien révélé ?

– Moi, je n'accuse pas à tort et à travers, dit Céleste en me dévisageant. Dans le doute, je vérifie d'abord.

Il enchaîna :

– Ma mère ne veut pas que j'aille seul chez ma grand-mère parce qu'elle habite assez loin. Alors je ne l'ai pas avertie. Et puis je ne voulais pas non plus la mettre au courant de mes soupçons.

– C'est pour ça qu'elle ne savait pas où tu étais ! Ça explique le mensonge, constata Roger avec soulagement.

Je commençais à regretter d'avoir si injustement accusé Céleste. Mais il y avait quelque chose que je ne comprenais toujours pas… Je l'interrogeai d'une voix douce :

– Puisque tu croyais connaître le coupable, pourquoi ne nous as-tu pas prévenus? Nous t'aurions aidé à l'arrêter.

– J'étais concerné de trop près, murmura Céleste.

– Que veux-tu dire? demanda Roger.

– La cape noire de ma grand-mère... le voleur âgé de huit ou neuf ans... les cheveux châtain clair... le voleur inconnu de monsieur Mirette...

Je le pressai:

– Et puis?

– Je croyais que c'était mon... s'interrompit Céleste.

On était suspendus à ses lèvres.

– Ton quoi? voulut savoir Roger, impatient.

– Mon... frère... le coupable, murmura Céleste qui était redevenu tout rouge.

On s'écria tous ensemble:

– Ton frère?

Le frère de Céleste? Quelle petite peste!

Chapitre 6
Fausse piste

Quelle histoire incroyable! Le frère de Céleste aurait vraiment tout manigancé?

– Je ne comprends toujours pas, dit Garance. Pourquoi le voleur serait-il ton frère?

– Attention! J'ai dit que je *croyais* qu'il l'était, corrigea Céleste.

Roger et Garance semblaient perdus.

– Hein? firent-ils.

– Mais oui! Léopold aurait pu prendre la cape de ma grand-mère… et il ressemble au voleur. Donc, il pourrait être l'auteur de ces mauvais coups. Mais ce n'est pas lui!

J'avais un reste de méfiance :

– Comment en es-tu si sûr ?

– Venez chez moi et vous comprendrez !

Tandis que nous marchions, je me disais que j'avais été sévère avec lui. Mais dès que j'ai l'impression qu'on me ment, je réagis bizarrement ! Et s'il y a une chose que je déteste par-dessus tout, c'est bien le manque de franchise. Céleste aurait dû nous confier ses craintes immédiatement. De cette façon, il n'y aurait pas eu de fausses accusations.

Brusquement, Garance s'arrêta comme si elle venait de faire une découverte.

– Il y a quelque chose qui me tracasse. Pourquoi le mot « menteuse » revenait-il dans chaque message ?

Personne ne pouvait répondre à cette question. Nous avons continué notre chemin en silence jusque chez Céleste. Sa mère nous offrit du thé glacé puis nous laissa seuls.

Roger prit la parole :

– Alors, il est où ce petit monstre... euh, ce petit frère ?

– Suivez-moi !

Céleste nous emmena dans la chambre de son frère. Léopold était couché sur son lit. Il n'était pas très grand pour son âge. Ses joues étaient aussi rouges que celles de son frère et ses yeux semblaient très fiévreux.

Céleste regardait son frère avec ennui. Il n'avait pas l'air très heureux de nous le présenter.

– Allo Léopold, je te présente les membres des Moutons noirs. Voici Rose, Roger et Garance. Profites-en, car tu ne les verras pas souvent.

– Bonjour, chuchota-t-il.

Il battit des cils, ce qui lui donna un air pitoyable.

– Je suis tellement fatigué, ajouta-t-il avec difficulté.

Nous nous taisions, car nous étions trop occupés à tout observer attentivement. Une vague odeur d'oignon remplissait la pièce. Camille avait sans doute préparé de la soupe pour Léopold.

– Léo est au lit depuis une semaine. Camille croit qu'il supporte mal le déménagement. Ici, Léo n'a personne de son âge avec qui jouer ! nous expliqua Céleste.

Et il ajouta :

– Touchez-le, vous verrez comme il est fiévreux !

Garance effleura son front.

– Wow ! Tu pourrais chauffer le Stade olympique. Mais ne t'en fais pas trop, ta fièvre de cheval finira par s'en aller, le rassura Garance.

Roger l'encouragea à son tour. Quant à moi, je ne dis pas un mot. Je trouvais que Léopold avait un air trop piteux pour être honnête. Mais je m'abstins d'en parler. Je suis soupçonneuse de nature, selon mon frère. Il n'empêche, une si grosse fièvre en plein mois de juillet, c'était étrange.

On allait partir quand Camille entra dans la chambre et nous dit :

– Vous devriez revenir voir Léopold. Ça le désennuierait !

Sur le chemin du retour, je réfléchissais. J'étais découragée car le mystère restait entier. On n'avait pas réussi à trouver le coupable. Cependant, je croyais vraiment que Céleste était sincère.

J'annonçai à la bande :

– Céleste restera avec les Moutons noirs. Je suis convaincue qu'il a dit la vérité.

Et le coupable ne peut pas être son frère, puisqu'il est au lit depuis une semaine.

On respira mieux à partir de ce moment. Céleste était innocenté, et son frère aussi. Sauf que le coupable courait toujours… Que nous réservait-il?

Sur ces entrefaites, Garance proposa que l'on se retrouve l'après-midi à la piscine Laurier.

J'étais d'accord. On pourrait se rafraîchir et parler calmement de toute cette histoire. Je demandai à Céleste:

— Viendras-tu avec nous?

Mon invitation ne semblait pas l'emballer.

— Euh… je ne sais pas… Je ne me sens pas très bien et puis, je n'aime pas beaucoup me baigner.

— C'est ennuyeux, dis-je. Il faut qu'on trouve un plan pour arrêter le voleur. Puisque ça ne te tente pas de venir à la piscine, rejoins-nous donc à la base vers quatre heures. On y fera le point.

Puis, m'adressant à tous j'ajoutai:

— Salut, je dois m'en aller. Sophie m'attend pour aller faire l'épicerie chez Warshaw. On se verra à la piscine. *Adios amigos!*

On se quitta rapidement. Je trouvais surprenant que Céleste refuse de venir se baigner avec nous, surtout par cette chaleur. Avait-il peur de l'eau ? Quel garçon étrange tout de même...

****

On s'amusa beaucoup à la piscine jusqu'au moment d'aller retrouver Céleste. On venait à peine de sortir, quand mon petit doigt se mit à me picoter. Je ne pus m'empêcher de lâcher mon « Aïe! » traditionnel.

– Ah non, pas encore ton histoire de doigt magique, Squelette! s'écria Roger.

– Il va arriver quelque chose, murmura Garance. J'en suis certaine!

Sans perdre de temps, nous avons enfourché nos bicyclettes. Nous approchions de la rue Saint-Dominique quand soudain, Céleste surgit, tout essoufflé.

– J'ai eu un message chez moi! J'ai eu un message! cria-t-il.

– Ça ne m'étonne pas, dit Roger, le petit doigt de la sorcière vient de nous annoncer qu'il allait se passer un événement particulier.

– Tu vois bien que j'ai un don, Vers-au-Derrière!

Céleste loucha vers mon doigt, puis il nous montra l'enveloppe qu'il avait trouvée dans sa boîte aux lettres.

– Quand je l'ai décachetée, j'ai éternué! dit-il.

– Le voleur y a sûrement mis de la poudre à éternuer, déclara Roger qui reniflait l'enveloppe.

– Vite, Céleste, lis-nous ce qui est écrit, le supplia Garance.

Voici ce que contenait le message:

Voici la dernière lettre. Demain, rendévous à quatres heures dans la cour de l'école. Vous saurez tout… sur la manteuse.
Quelqu'un de Fascinant
xxxx

Nous en avions le souffle coupé.

– C'est du sérieux, cette lettre! Nous allons enfin savoir qui est le voleur! criai-je, folle de joie.

– Je propose qu'on le rencontre avec une belle surprise! dit Roger.

– Hum… Hum… réservons-lui quelque chose de mouillé et… d'enrobé! conseilla Garance.

– Je me demande bien qui c'est! ajouta Roger.

– On va enfin comprendre le sens de «menteuse»! jetai-je.

– Bof… déglutit Céleste. Je ne sais même pas si je vais être là demain. Je dois aller chez ma tante Rosaline à Sainte-Julienne.

Roger n'en croyait pas ses oreilles:

– Quoi? Ce n'est pas possible? On va enfin découvrir l'identité du voleur, et toi, tu t'absentes!

– Bon, je vais demander à ma mère si je peux rester. Mais ce n'est pas certain, répondit Céleste. C'est une affaire de famille.

Il avait l'air inquiet. Très nerveux même. Pourquoi? Il devait avoir ses raisons…

Mais nous, on devait mettre au point la punition destinée au voleur.

Garance, qui venait de regarder sa montre, s'exclama:

– Oh non! je dois partir. Ma mère m'avait demandé d'aller chercher du poulet chez Cocorico. Je vous rejoindrai à la base d'ici une demi-heure.

« À l'attaaaaaaque ! » cria-t-elle, avant de s'éloigner sur son Bleu Destrier.

Je me tournai vers Roger et Céleste en hurlant :

– Allez, grouillez-vous ! Les Moutons noirs doivent se venger !

Chapitre 7

Le coupable démasqué

Cette nuit-là, je dormis bien. Mes rêves furent remplis de vengeance et me transportèrent de satisfaction. À mon réveil, j'étais prête à affronter ce voleur-petit-monstre. Qu'il vienne et qu'on le punisse !

Vers dix heures, Garance, Roger et moi nous trouvions déjà à la base. La journée s'annonçait aussi torride que les précédentes.

– J'espère que Céleste n'est pas parti à la campagne, sinon notre plan va échouer, dis-je.

En l'attendant, nous préparions notre revanche.

Garance demanda :

— Avez-vous les fusils à eau ?

J'interrogeai :

— Avez-vous le ruban adhésif, la corde et le papier d'emballage ?

— Où sont les petites boules brunes de mes fils chéris ? s'informa Roger.

Les préparatifs étaient très avancés quand Céleste arriva, vers dix heures et demie. Il avait un air triste.

— Qu'est-ce qui se passe ? voulut savoir Roger.

— Oh, presque rien. Ma mère s'en va chez ma tante comme prévu et, si je veux rester ici, je dois garder mon frère ! fit Céleste avec une petite moue.

On comprenait la gêne de Céleste. Il n'était pas aussi libre qu'il l'aurait voulu. Pour lui changer les idées, on le mit au parfum du fameux plan. Céleste resta muet. Il semblait vouloir nous dire quelque chose, mais rien ne sortait de sa bouche.

— Ah oui, Céleste, j'ai de la poudre à éternuer pour toi, annonça Roger en montrant son flacon de poudre blanche.

Céleste sourit faiblement et le remercia.

Le temps nous semblait long. Il n'était que midi et tout était prêt depuis longtemps pour la capture de notre ennemi. Je me répétais mentalement le plan depuis quinze minutes, quand Ginette avertit Roger que le dîner était prêt.

Nous aussi, nous devions aller manger. Garance démarra en criant son éternel « À l'attaaaaaaque ! ». Et Céleste et moi, nous sommes partis ensemble. Céleste semblait soucieux. Je lui demandai :

– Qu'est-ce que tu as ? Tu n'as presque rien dit ce matin. Pourtant, la vengeance approche !

Il me répondit par une autre question :

– Si quelqu'un te mentait mais qu'après un certain temps il t'avouait son mensonge... Est-ce que tu lui pardonnerais ?

– Bien, je... je ne sais pas, ça dépendrait du mensonge... Mais je déteste tellement les menteurs et les hypocrites ! Je trouve que dire la vérité simplifie les choses.

– Tu sais, on peut mentir pour se protéger, chuchota Céleste. Ou pour transformer la réalité.

– Aurais-tu une révélation à me faire ?

– Euh… non, pas vraiment. Merci pour ta franchise, Rose !

On était arrivés devant chez lui. Il se tourna vers moi et ajouta :

– Ça m'ennuie d'être obligé d'amener mon frère cet après-midi !

– Hum… On n'a pas le choix, mais il faudra qu'il se tienne tranquille ! *Adios amigos !*

Céleste entra chez lui et je poursuivis mon chemin. J'étais un peu surprise par son histoire de mensonge… Qu'est-ce qu'il avait sur le cœur ? Je sentais que Céleste nous cachait quelque chose.

****

À l'heure convenue, Garance, Roger et moi nous nous sommes réunis. On répéta à plusieurs reprises notre scénario. C'était génial !

Vers trois heures et demie, Céleste arriva seul.

– Où étais-tu ? On t'attend depuis deux heures ! lui reprocha Garance.

– Je cherchais Léo, mais il est introuvable! Je suis quand même venu. Est-ce que vous me promettez de le chercher avec moi, après la vengeance?

– Bien sûr! répondit-on d'une seule voix.

– J'espère qu'il n'est pas allé chez ma grand-mère, sinon ma mère va me tuer!

Il était temps de se rendre dans la cour de l'école pour préparer notre piège. On installa le matériel près du deuxième arbre. C'était un bel érable fourni. Il était idéal pour la réalisation de notre plan. Tout fut prêt très rapidement. C'est ce qui s'appelle avoir de l'organisation! Maintenant, il ne restait plus qu'à attendre notre voleur.

Nous étions vraiment excités. Il était quatre heures moins dix et le grand moment approchait.

– J'ai hâte de le rencontrer et de lui dire ma façon de penser, grogna Roger.

– C'est long! soupira Garance.

Pour faire passer le temps, Roger raconta des blagues. Il a le tour de nous faire rire. Seul Céleste ne disait rien.

À quatre heures, il n'y avait toujours pas de voleur en vue.

– Mais qu'est-ce qu'il fabrique? dis-je avec impatience. On a autre chose à faire que de l'attendre.

– Il arrive! s'écria Roger.

On le regarda venir vers nous. Il marchait calmement. Sa cape noire volait au vent. Un masque lui cachait le visage. On ne voyait que sa bouche. En fait, le voleur était assez petit.

Tous, nous restions immobiles pour ne pas l'effrayer. Quand il arriva près de nous, Garance cria:

– À l'attaaaaaaque!

C'était le signal convenu. Aussitôt, on encercla le voleur. Roger et Céleste s'en emparèrent assez facilement même s'il se débattait avec violence. Les deux garçons l'amenèrent près de l'arbre et l'attachèrent avec la corde apportée par Garance.

– Vite, enlevons-lui son masque! Je veux voir son visage avant la condamnation! cria Roger.

– Avant, nous devrions lui rendre la monnaie de sa pièce, m'écriai-je.

– Tu vas enfin payer pour toutes les méchancetés que tu as commises! hurla Garance.

Je pris le fusil à eau et j'arrosai le prisonnier en pleine poire!

– Tiens, voilà pour ta baloune d'eau froide!

Il criait comme un diable. Garance l'avertit:

– C'est à ton tour de te faire enrober!

Elle prit le ruban adhésif et le colla sur sa bouche. Puis elle l'enveloppa avec le papier d'emballage de Noël de sa mère. Il avait l'air malin, le voleur!

Roger le prévint:

– Si tu essaies de te détacher, tu vas recevoir un beau cadeau sur la tête!

Le voleur leva les yeux et vit le seau suspendu à la première branche de l'arbre. Roger avait imaginé un système de poulie avec les cordes. Au moindre mouvement du prisonnier, le seau, qui avait été rempli de... crottes de lapin, se renverserait automatiquement sur lui. C'était très astucieux!

Céleste s'approcha, prêt à jeter la poudre à éternuer sur notre prisonnier. Brusquement, il s'immobilisa.

– Je te reconnais, sale petit monstre! s'écria-t-il. Comment as-tu osé me faire ça?

On n'en revenait pas. Quoi? Céleste le connaissait?

J'allais démasquer le prisonnier quand Céleste m'arrêta d'un cri:

– Non, laisse-moi faire!

Et d'un geste rageur, il lui ôta son masque et lui arracha le ruban adhésif qui lui couvrait la bouche.

Stupéfaction générale! C'était Léopold! Céleste fulminait.

– Graine de bandit! Tu as tout gâché! Je me doutais bien que c'était toi. Tu voulais me faire perdre mes amis! Sale menteur!

– Dire que Céleste s'inquiétait pour toi! Il t'a cherché partout! dit Roger.

Garance enchaîna:

– Qu'as-tu à dire, petit rat?

Léopold nous dévisagea tour à tour puis répondit d'une voix flûtée:

– Vous avez beau être des grands, vous êtes lents à comprendre! Je n'arrêtais pas de vous laisser des messages, de provoquer des dégâts pour vous faire découvrir la vérité.

– Quelle vérité? demanda Roger.

– Vous n'avez pas encore compris? répondit-il, le regard fixé sur Céleste, qui semblait sur le point d'exploser.

Je sentais venir le drame. Mon petit doigt me le confirma en se remettant à me picoter.

– Aïe!

Après cette brève diversion, Léopold laissa tomber:

– Céleste n'est pas un garçon, bande d'idiots. C'est une fille! Et c'est ma sœur!

La nouvelle nous assomma. Céleste, une fille?

Chapitre 8
Toute la vérité

Roger balbutia :

— Céleste… une fi… fille ? Ça alors !

C'était toute une révélation ! Nous étions abasourdis. Dans ma tête, les idées défilaient très vite. Je me rappelais la gêne de Céleste qui ne voulait pas uriner dans la cour, sa décision de ne pas venir se baigner à la piscine, ses beaux habits bien coupés… Tout était clair maintenant. L'aura mystérieuse qui entourait Céleste nous avait caché sa véritable identité.

Céleste, muet, fixait le bout de ses fameuses chaussures vernies.

– Vous voyez bien que c'est la vérité, elle ne se défend même pas! hurla Léopold.

La figure de Céleste était rouge comme un camion de pompier.

– Depuis qu'elle est toute petite, elle se déguise en garçon. Même que c'est ma grand-mère qui lui confectionne ses habits! ajouta-t-il. Méchante Céleste, tu ne voulais pas que je fasse partie de la bande, alors je me suis vengé!

Penaude, Céleste me regarda et murmura:

– Je voulais vraiment faire partie de votre bande… Mais il y avait déjà deux filles… Alors, je pensais que vous ne voudriez pas de moi. Et puis, j'aime telle-ment me déguiser en garçon, je n'y peux rien. Je ne voulais pas mentir, mais tout était plus simple au début… Rose, je… m'excuse…

Dégoûtée et furieuse, je répliquai:

– Ah oui! C'est facile de s'excuser après avoir menti! Parce que tu nous as menti, Céleste Luminure!

Léopold voulut attirer notre attention:

– Vous ne trouvez pas que mes messages étaient géniaux?

– Ah toi, la petite peste, pourquoi as-tu enlevé mes lapins ? demanda Roger.

– J'avais décidé de punir Céleste qui ne voulait pas que j'assiste à l'initiation. Pour vous donner des soupçons, j'ai rapporté les lapins pendant que vous étiez à la piscine. Céleste ne s'est même pas aperçue qu'ils étaient dans notre cour !

Nous l'écoutions, médusés. Très fier de lui, Léopold ajouta :

– Admettez que je suis un excellent espion : je vous suivais tout le temps et vous ne vous en êtes jamais aperçus !

– Quoi ? Tu as vraiment fait tout ça ? interrogea Céleste, qui avait du mal à y croire.

Puis elle éclata :

– Si j'avais su, je t'aurais dénoncé à Camille ou aux Moutons noirs. Dire que tu n'étais même pas malade, espèce d'hypocrite ! Et maman qui s'en faisait pour toi !

Une expression de remords apparut alors sur le visage de Léopold. Ça l'ennuyait visiblement d'avoir tracassé sa mère.

Pour éviter que l'affrontement dégénère entre le frère et la sœur, Roger demanda à Léopold :

– Comment as-tu fait pour vraiment avoir de la fièvre ?

– Facile ! Je mettais de la pâte dentifrice sur mon front et quand je l'enlevais, ma peau était chaude et irritée ! Et pour avoir les yeux mouillés, je reniflais un oignon épluché que j'avais caché sous mon oreiller !

Je me rappelai la vague odeur d'oignon qui planait dans la chambre de Léopold lors de notre visite. J'étais surprise de tant d'ingéniosité ! Je voulus savoir :

– La cape noire, c'était celle de ta grand-mère ?

– Oui, je l'ai prise avant notre déménagement. Marie-Lou ne s'en est même pas rendu compte ! Ha ! ha ! ha !

– Et les messages, c'était vraiment toi ?

– Oui. J'écris bien, hein ?

Il se faisait des illusions; son orthographe était vraiment pourrie. Même si sa mère était professeure de français, elle ne lui avait pas automatiquement transmis le « gène du savoir-écrire » à la naissance !

– Et le vélo ?

– C'était moi aussi !

Garance l'interrogea à son tour :

– Et la baloune d'eau ?

– Ah, je crois que Rose a aimé se faire rafraîchir, non ? Et dire que le vieux monsieur m'espionnait et qu'il n'a rien fait pour m'en empêcher !

On éclata tous de rire, sauf Céleste. Je pensais à Léopold et à son orthographe épouvantable, à ses blagues de mauvais goût et à ses idées machiavéliques. Une vraie plaie ! Pauvre Céleste... Vivre avec Léopold ne devait pas être très facile.

De plus en plus fier de lui, Léopold conclut :

– Vous comprenez enfin pourquoi je parlais toujours d'une menteuse dans mes messages. Je commençais à désespérer !

Céleste murmura avec des sanglots dans la voix :

– Léopold a raison, je vous ai menti. Je vous demande pardon. Et surtout je m'excuse d'avoir un petit frère aussi monstrueux. Adieu !

Il y avait quelque chose qui m'échappait. Je l'arrêtai :

– Un instant, Céleste. Comment n'as-tu pas deviné que Léopold était l'auteur des lettres ? Il n'y avait que lui qui connaissait la vérité à ton sujet.

Nous dévisagions Céleste. Une larme perlait à son œil gauche.

– Non, il n'y a pas que moi ! protesta Léopold. Il y a aussi Natacha !

Céleste finit par avouer :

– C'est autant que vous le sachiez : Natacha est la fille qui m'a harcelée toute l'année. Elle m'appelait la fille manquée et elle me ridiculisait aux yeux des autres élèves. J'ai fini par en perdre l'appétit…

Elle poursuivit :

– Mes parents se sont plaints au directeur de l'école. Une rencontre a été organisée entre ses parents et les miens et nous y avons assisté toutes les deux. Natacha a fait semblant de rien. Elle a joué le rôle d'une petite fille obéissante et gentille. Finalement, comme je m'obstinais à m'habiller en garçon, on m'a fait voir un psychologue…

Nous étions suspendus aux lèvres de Céleste qui en avait gros sur le cœur.

– Je n'ai jamais voulu être un garçon. Mais je ne me sens bien que dans mon habit de garçon. Je ne sais pas pourquoi. Je crois que c'est ma façon de m'exprimer. Mes parents l'acceptent, et ma grand-mère dit que je suis une marginale. Mais à l'école, Natacha n'a pas cessé de me tourmenter malgré les avertissements de la direction. À la fin, mes parents ont décidé de me changer d'école.

– Alors, tu as cru que c'était Natacha qui avait écrit les lettres ? demanda Garance.

– Oui, murmura Céleste. Même si monsieur Mirette affirmait que le voleur masqué était un garçon, je croyais que c'était Natacha. Elle aussi a les cheveux châtain, et c'est son genre de jouer des tours idiots… Au moins, je sais maintenant que ce cauchemar est bel et bien terminé.

Céleste se tut un moment. Elle était en larmes. S'adressant à son frère, elle lui dit :

– Mais Léo, tu es méchant de m'avoir fait revivre cette horreur !

Puis elle se sauva.

– Une fille, c'est incroyable ! s'écria Roger en la suivant des yeux. Et dire qu'elle a plus d'élégance que moi, un garçon!

Roger ne cessait de frotter son bermuda à l'endroit du trou. Moi, je songeais à la confidence du matin, à la véritable identité de Céleste, à son diable de frère...

Céleste était si élégant...e, elle avait des traits si délicats. J'aurais dû deviner que c'était une fille... Mais que Céleste soit une fille ou un garçon, elle restait la même personne.

Et cette horrible histoire avec Natacha... Allait-elle revivre ce cauchemar avec nous? Serions-nous ses nouveaux bourreaux?

Soudain, je m'avisai, en sortant de mes réflexions, que Léopold était toujours ligoté au gros érable. Je dis à Roger et à Garance:

– Venez, nous avons d'importantes choses à discuter. On n'a qu'à laisser le monstre moisir ici!

Affolé, Léopold se mit à beugler:

– Non, non, non, je vous en supplie, détachez-moi! Je m'excuse! Je ferai tout ce que vous voudrez! Je ne suis pas un monstre!

Tout en riant, Roger lui asséna :

– Personne ne va te délivrer. Et n'oublie pas : si tu essaies de te libérer, tu ramasseras les crottes sur la tête ! *Ciao*, mon coco !

Pour faire bonne mesure, j'ajoutai :

– Adieu, ma p'tite crotte !

Léopold l'avait bien cherché !

****

Nous nous étions à nouveau réunis à la base. Il devenait ultra urgent de régler le cas de CÉLESTE LUMINURE ! Mais j'avais de la difficulté à me concentrer. Et ce qui ne m'aidait pas, c'est que Roger ne cessait de répéter : «C'est une fille ! Céleste est une fille !»

Comme on n'arrivait à rien, on décida qu'il valait mieux qu'on réfléchisse chacun de notre côté avant de prendre une décision. On se sépara sans tarder en se donnant rendez-vous pour le lendemain. Il paraît que la nuit porte conseil…

Chapitre 9

La décision

Impossible de m'endormir. Je n'arrêtais pas de me retourner dans mon lit. Les événements de la journée défilaient dans ma tête.

D'abord, il y avait la séance de supplices que nous avions fait subir à Léopold. Ensuite, il y avait les aveux de Céleste. En fait, je saisissais mal les raisons du comportement de Céleste. Si elle ne voulait pas que l'histoire de Natacha se répète, pourquoi agissait-elle ainsi? Elle avait bien vu que nous étions gentils. Pourquoi nous avait-elle menti?

Il faisait très chaud, je suais à grosses gouttes. Malgré cette chaleur et mes préoccupations, je finis par m'endormir.

Un cauchemar me réveilla brutalement.

— NOOON! criai-je. Je ne comprends pas!

Assise dans mon lit, mouillée de transpiration, je respirais par saccades.

Alertée par mes cris, Sophie déboula dans ma chambre.

— Qu'est-ce qu'il y a, sœurette? s'inquiéta-t-elle.

— Sophie, j'ai fait un cauchemar…

— Ça veut dire que quelque chose te tracasse, répondit-elle en me caressant la tête pour me calmer.

— Bien… aujourd'hui, j'en ai appris une bonne: Céleste est une fille!

— Oh!

Je lui racontai toute l'histoire. Sophie resta songeuse un long moment. J'aime ça quand ma sœur m'écoute et s'occupe de moi, ça me rassure. Surtout qu'elle connaît pas mal de choses et que ses conseils sont toujours utiles.

— Est-ce que ça change quelque chose que Céleste soit une fille? demanda-t-elle.

– Oui… non… je ne crois pas…

– L'auriez-vous acceptée comme membre des Moutons noirs si, dès le début, vous aviez su qu'elle était une fille ?

– Oui. Mais là, elle nous a caché la vérité…

– As-tu déjà menti pour te protéger, Rose ?

– NON ! Euh… peut-être un petit peu… Mais il y a très longtemps…

– Tu veux sûrement parler de la semaine dernière, quand tu as pris mon journal intime dans mon tiroir secret et qu'ensuite, tu as juré n'y avoir jamais touché !

– C'était juste pour trouver une idée pour ton cadeau d'anniversaire !

– Rose, tu voulais lire mes histoires ! Reconnais-le ! Tu vois qu'on peut mentir pour se défendre… Tu le fais toi-même.

– Oui mais, cacher son identité, c'est un crime ! Pourquoi Céleste a fait ça ?

Sophie prit son temps pour expliquer :

– Tu sais que Céleste a dû déménager pour échapper au harcèlement d'une compagne de classe. Pour ne plus avoir à vivre ce genre d'expérience, elle a choisi de se déguiser journellement en garçon. C'est une solution originale ! Et puisque sa famille l'accepte bien ainsi, pourquoi n'en ferais-tu pas autant ?

Sur ces mots, Sophie m'embrassa et me souhaita une bonne fin de nuit. Je me rendormis paisiblement.

****

Le moment était venu pour les Moutons noirs de décider si oui ou non Céleste méritait de rester dans la bande. La réunion était houleuse.

– Je ne crois pas qu'on devrait la garder, dit Garance. Elle a menti juste après avoir prêté serment !

– Elle nous a trompés en se faisant passer pour un garçon, gronda Roger, toujours aussi en colère.

Mais moi, je songeais à la tentative de Céleste pour me dévoiler sa véritable identité. J'intervins :

– Écoutez, c'est vrai que Céleste a menti, mais elle avait de bonnes raisons de le faire.

– Quoi! Tu prends sa défense, maintenant? cracha Roger.

– Je ne te reconnais plus… avoua Garance d'un air interloqué. De nous trois, c'est toi qui détestes le plus les mensonges et voilà que tu protèges Céleste?

– Je suppose que vous n'avez jamais menti dans le but de vous protéger?

Ma question resta sans réponse.

Gênés, nous regardions le bout de nos chaussures. Mais les nôtres n'étaient pas vernies…

– Mais qu'est-ce qui se passe ici? demanda Ginette, qui était venue arroser ses fleurs.

Roger lui fit un résumé des événements qui avaient sérieusement perturbé notre bande. Sa mère l'écouta avec beaucoup d'attention. Après un assez long silence, Ginette prit la parole:

– L'amitié, c'est un peu comme le travail du bois. Cela exige patience et délicatesse. Si on va trop vite en besogne, on rate facilement son coup. Par contre, si on prend son temps, le bois se laisse transformer en beau meuble…

Je n'avais jamais entendu Ginette discourir avec autant de sérieux. Mais je saisissais ce qu'elle voulait dire : si nous, les Moutons noirs, nous nous montrions patients et accueillants avec Céleste, on découvrirait chez elle de belles qualités.

La mère de Roger reprit :

– Vous savez que je n'ai pas l'habitude de me mêler de vos affaires. Cette fois-ci, pourtant, je voudrais vous suggérer de donner une deuxième chance à Céleste. Et Léopold devrait être réprimandé pour le tort qu'il a fait à sa sœur.

– C'est une bonne idée. Il faut que Léopold soit puni, car c'est une petite peste ! s'indigna Roger de plus belle.

– Léopold n'est pas méchant. Tout ce qu'il voulait, c'était éviter de nouveaux problèmes à sa sœur. Et puis, s'il a monté ces coups pendables, c'est parce qu'il s'ennuie à mourir ! conclut Ginette.

On n'avait pas pensé à cette hypothèse ! Mais grâce à Ginette et à sa sensibilité, nous commencions à y voir plus clair.

– Et si on allait discuter avec Céleste ? proposa Garance.

– C'est que… Camille n'a peut-être pas aimé le traitement que nous avons infligé à Léo… s'inquiéta Roger.

– Je me demande comment il s'est tiré de cette mésaventure… murmura Garance.

On revoyait Léopold attaché à l'arbre, enveloppé comme un cadeau, et on imaginait le seau de crottes se renversant sur sa tête. On fut pris de fou rire tous les trois. Ginette était surprise par notre hilarité. Il faut dire qu'on avait omis de lui raconter cet épisode… Garance la mit au courant.

– Comme vous êtes durs, les Moutons noirs ! s'écria-t-elle sans pouvoir s'empêcher de rire.

Quand enfin elle retrouva son sérieux, elle nous demanda :

– Irez-vous voir Céleste ?

Au nom de la bande, je répondis fermement :

– Oui, nous irons ! Je crois que nous avons été injustes avec Céleste. D'accord, elle a menti, mais on sait qu'elle allait nous dire la vérité… Pourquoi est-ce que ça nous dérangerait qu'elle s'habille en garçon ? Elle est plutôt sympathique, non ?

Et puis, on n'a pas l'habitude de se criti-
quer les uns les autres!

– Tu as raison, Rose. On appelle ça la
tolérance. Vivre et laisser vivre, expliqua
Ginette avec un beau sourire.

– Fille ou garçon, je l'aime bien, notre
Céleste! lança Roger.

– Et puis, ce n'est pas de sa faute si
elle a un frère aussi monstrueux! renchérit
Garance.

– Vite, allons retrouver Céleste! cria
Roger.

– Attendez! Il faut d'abord qu'on
trouve ce qu'on va lui demander de faire
pour son rachat. Quelque chose qu'elle ne
pourra pas refuser!

Chapitre 10
La réconciliation

Le soir même, Roger, Garance et moi on s'est rendus chez Céleste. Quand elle est venue nous ouvrir, elle avait le teint pâle et ses yeux étaient rouges comme si elle avait pleuré.

— Quoi, vous venez me tourmenter à la maison ? nous dit-elle froidement. Laissez-moi tranquille !

Puis, devenant soudain agressive, elle cracha :

— Vous ne comprenez pas que j'en ai assez de vivre des histoires compliquées !

— Voyons, Céleste, calme-toi ! On est simplement venus te dire que tu fais toujours partie de la bande, malgré ton mensonge... et ta façon de t'habiller, dis-je.

– Quoi ? bégaya-t-elle, incrédule.

– Écoute, si tu veux, tu peux rester avec les Moutons noirs. On s'en fiche que tu sois une fille ou un garçon. Seulement, on ne veut plus que tu fasses des cachotteries, précisai-je.

Céleste avait les yeux ronds comme des billes.

– C'est vrai ? demanda-t-elle.

– Oui, mais pour te racheter, tu vas devoir accomplir deux choses qui nous tiennent à cœur !

– Vraiment ? Je peux rester dans la bande ?

– Céleste, arrête de jouer à la martyre ! m'écriai-je.

Garance s'interposa pour éviter la dispute.

– Et ton frère, il est revenu ? voulut-elle savoir.

Céleste se mit à rire doucement. Elle nous raconta comment monsieur Mirette, en passant par hasard près de la cour d'école, avait reconnu la cape noire. Il avait aussitôt détaché Léo. Mais le seau d'excréments s'était déjà renversé sur lui. Léopold avait tout raconté à monsieur Mirette, qui l'avait ensuite reconduit à la maison. Camille n'avait pas aimé les petits cadeaux collés sur la tête de son fils. Léopold avait tout avoué à sa mère qui trouva qu'il avait mérité sa punition.

Céleste avait petit à petit repris des couleurs. Elle était prête à se racheter.

– Alors, qu'est-ce que vous souhaitez que je fasse?

– Eh bien, j'ai pensé qu'on pourrait…

Céleste trouva mon idée géniale et elle me promit que les Moutons noirs ne seraient pas déçus.

****

Deux jours plus tard, nous étions tous ensemble dans la remise de la grand-mère de Céleste. On s'amusait follement.

– Wow! Quels beaux costumes! s'exclama Garance avec émerveillement.

– Oh! Céleste, tu as vu ce costume de pirate? murmura Roger.

– Moi, je préfère la robe de bal avec les perles, dis-je avec un soupçon d'envie dans la voix.

– Rien de tel qu'un costume de chevalier, affirma Céleste.

La grand-mère de Céleste avait accepté de nous laisser jouer dans sa belle remise. Et elle nous avait même invités à souper chez elle. Quelle journée formidable ! Notre premier souhait était rempli au-delà de nos attentes.

– Tu sais, Céleste, je crois que nous allons devenir de grandes amies !

– Je n'en doute pas, Rose… Je suis tellement contente ! Fini le cauchemar, je peux rester avec les Moutons noirs ! s'exclama-t-elle.

Puis, voyant Léo arriver avec un plateau rempli de biscuits et de chocolats, elle lui ordonna de les lui apporter.

Léopold accourut aussitôt.

– Voici, madame la chevalier, dit-il en s'inclinant légèrement devant sa sœur.

Céleste eut un petit sourire en coin.

– Moi, confia Léopold, mon costume préféré c'est celui de…

Avant qu'il achève, je lançai en rigolant :

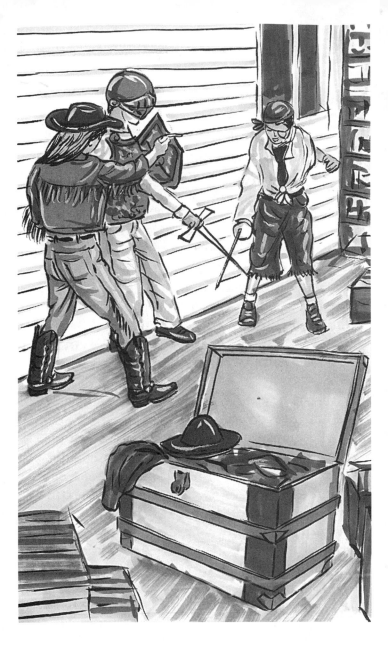

– C'est celui de Zorro parce qu'il y a une cape… noire !

Céleste, Garance et Roger s'esclaffèrent. Léopold resta interdit un court instant, puis, il se mit à rire lui aussi.

Notre deuxième souhait, faire la paix avec Léo, était ainsi comblé. C'est Léo lui-même qui, pour se racheter, avait proposé de jouer le rôle de valet. Mais Camille l'avait averti de bien se comporter.

Finalement, le frère de Céleste n'est pas la petite peste qu'on croyait. Mais les apparences sont souvent trompeuses dans la famille Luminure !

– Monsieur Léo, un autre verre d'orangeade, s'il vous plaît ! demanda Roger.

– Avec joie, Votre Honneur, s'empressa Léo, tout souriant.

Pour terminer cette journée en beauté, on a décidé de nommer Léopold conseiller technique pour la défense des Moutons noirs. Avec toutes les idées saugrenues qui lui viennent à l'esprit, il nous sera sûrement très utile lors de nos prochaines aventures !

Table des matières

La collection Nature Jeunesse